AF233341

RÉPONSE

A LA BROCHURE

DE M. LE VICOMTE

DE CHATEAUBRIAND,

PAIR DE FRANCE.

Par un Homme du Peuple.

> « De l'extrême corruption des gouvernans
> et des gouvernés, d'après notre ordre social
> actuel, doit résulter l'impossibilité radicale
> de soulager efficacement les misères du peu-
> ple». P. 4.
>
> *Auri sacra fames.*

PRIX : 60 CENT.

A PARIS,

CHEZ TOUS LES MARCHANDS DE NOUVEAUTÉS.

1831.

RÉPONSE
A LA BROCHURE

DE M. LE VICOMTE

DE CHATEAUBRIAND.

Et moi aussi, je joue de la flûte..... Pourquoi pas? Si je ne puis rendre les roulades et les tons admirablement variés et cadencés d'un *Tulou*, si je ne puis approcher de la vivacité et de la pureté d'exécution de ce grand *maestro*, peut-être ne serai-je pas tout à fait déplacé dans cet immense concert trop discordant qu'on appelle le *Monde*, pour y faire entendre quelques tons graves, dont le seul mérite seraient la justesse et l'à-propos.

Du fonds de ma province, je réfléchis quelquefois sur les vicissitudes qui changent la face des empires, et cherche à m'expliquer les causes qui rendent ces changemens toujours funestes et onéreux aux peuples qui les éprouvent. Comment arrive-t-il, en effet, que ces révolutions, dont le prétexte est d'obtenir pour le peuple une plus grande liberté et la diminution des abus et des impôts, produisent cependant des effets tout contraires? Certes, si jamais la nation française eut de lourdes chaînes à supporter, on ne saurait nier que ce ne fût surtout pendant la période qui date de la révolution et ensuite de l'empire. Aux grandeurs, aux ambitions que la com-

motion politique avait alors renversées, en avaient
succédé d'autres bien plus nombreuses, bien
plus exigeantes et difficiles à satisfaire. Les premiers banquets somptueux, dont le peuple fai-
sait seul tous les frais, furent remplacés par
d'autres bien plus onéreux. La nation n'en était
pas même quitte en les payant largement; il
fallait encore qu'elle les alimentât plus que jamais
par le sacrifice de son sang, de sa liberté, afin de
parvenir à cimenter ces nouvelles ambitions populaires, les plus insatiables, comme les plus om-
brageuses et les plus cruelles de toutes. Il fallut
ensuite qu'en subissant son joug de fer, elle se
vit entraînée par le despotisme militaire, dans des
expéditions toujours désastreuses et meurtrières,
et qui à la fin devaient être son tombeau.

Tant d'expériences, tant de leçons seront-elles
donc toujours perdues, et de nos derniers changemens ne saurait-il surgir une nouvelle époque
moins décevante que toutes celles qui l'ont pré-
cédée? Hélas! on ne saurait l'espérer, puisque
les mêmes causes doivent produire les mêmes
effets, et qu'aujourd'hui plus que jamais, de
l'extrême corruption des gouvernans et des gouvernés doit résulter l'impossibilité radicale de
soulager efficacement les misères du peuple.

Il n'est que trop vrai, mes chers compatriotes,
d'après notre ordre social actuel, que tous nos
vœux pour obtenir des améliorations réelles, et
surtout de l'ordre et de l'économie dans nos finances, ne peuvent être que parfaitement inutiles.
Vous serez bientôt de mon avis et perdrez comme moi toute espérance, lorsque vous aurez pris
la peine de parcourir ces lignes. Faites grâce au
style en faveur des raisonnemens. Ce sont ceux

d'un pauvre plébéien, auquel ses parens, gens taillables et corvéables, n'ont pu faire donner une brillante éducation. Ses écrits ne sauraient donc avoir les dehors séduisans de ceux de vos fashionables de la capitale. D'ailleurs il doit présumer qu'assez de clinquants et de styles pompeux vous sont offerts chaque jour, pour vous dédommager du fard qui manque au sien. Consentez donc pour un instant à nourrir votre esprit d'un aliment sain quoique sans apprêts; peut-être ce régime lui sera-t-il plus favorable que celui, résultat de tant de discours boursoufflés, véritables capucinades et réthorique de régent usé, dont on le régale tous les jours.

Vous savez comme moi que c'est dans la prospérité financière d'un gouvernement que résident sa principale force, sa puissance et sa *sagesse*; que lorsque cette partie est sagement conduite, c'est-à-dire avec prudence, ordre et économie, toutes les autres branches de l'administration gouvernementales prospèrent, que le peuple est heureux, (en lui supposant toutefois une dose suffisante de liberté,) tandis qu'au contraire, s'il y a désordre, gaspillage ou malversation dans les finances, tout va de travers. Aussi, est-ce afin d'obtenir un budjet suffisant et bien administré, qu'il a été créé deux pouvoirs, la Chambre des députés et celle des pairs, qui sont spécialement chargées de fixer sa quotité et de régler son emploi. Ces deux corps sont donc placés comme des sentinelles vigilantes chargées de la surveillance des points menacés par l'ennemi commun, le désordre et la corruption. Le premier, la Chambre des députés, est composé des mandataires du peuple, nommés par lui; le second, la Chambre des pairs , est composé de membres qui le sont par le roi , par le seul fait de sa volonté , en tout temps et en nombre illimité , et qui par conséquent doivent lui être dévoués comme étant ses créatures.

Ne pensez pas que je vais entreprendre quelque dissertation bien ardue sur l'origine de ces deux pouvoirs , sur leurs diverses attributions, leur utilité, l'étendue de leur mandat, etc. ; je fais trop de cas du bon emploi du temps pour vouloir vous le faire perdre dans de pareilles discussions qui ne mènent à rien. J'accepte donc ces deux corps tels qu'ils existent , tels qu'ils sont constitués , et je les considérerai, si vous voulez, comme la meilleure sauve-garde actuelle du trône , de nos libertés constitutionnelles et de la bonne administration de nos finances, cela ne fait rien à la question que je vous ai posée; seulement je vous ferai remarquer que lorsqu'il est question de nommer nos députés, les électeurs agissent, en quelque sorte , comme ces plaideurs de mauvaise foi qui , voulant soutenir une injuste prétention , se gardent bien d'en confier la poursuite à l'avocat le plus probe, et par conséquent souvent le moins riche de leur juridiction, mais préfèrent de la remettre, au contraire, entre les mains de celui qui est le plus délié, le plus retors, ou qui peut avoir par son talent, sa fortune et ses relations, la plus grande influence sur le tribunal qui doit décider la contestation. Aussi, les électeurs ont-ils généralement l'attention de ne point porter exclusivement leurs choix sur des hommes d'une vertu trop austère, et qui n'auraient d'autres vues que le bien public et la prospérité de la France , mais bien plutôt et principalement sur ceux qui, par leur fortune ou leurs relations, jouissant de la plus grande influence, pourraient obtenir des avantages *spéciaux* pour la localité qui les a nommés, et cela encore et lors même que ces avantages ne pourraient être que le résultat de l'intrigue et accordés au détriment du pays en général, même d'une ville voisine et rivale, en lui ôtant soit un collége, soit un tribunal, soit tout autre établissement public, pour le faire transporter chez les solliciteurs, par suite de la faveur ministérielle.

Et cependant ces électeurs ne doivent pas ignorer que des préférences locales, comme toutes autres faveurs personnelles et particulières, ne peuvent être remboursées au ministère qui les accorde, que par un entier dévouement au pouvoir et une abnégation sans bornes de la part des députés qui en sont l'objet; par un dévouement, par exemple, aussi absolu que celui dont fait journellement preuve cette partie de l'assemblée désignée sous les noms de *centre* ou *ventre*.

Tel est, dans notre ordre social, prétendu si perfectionné, le premier point de départ de la corruption et de l'égoïsme des gouvernés dans la nomination de leurs gouvernans. Ces germes de corruption et d'égoïsme, ainsi déposés dans le sein de nos mandataires, ne peuvent que se développer rapidement, et produire des fruits bien amers, en affaiblissant, chez le plus grand nombre, l'amour du bien public, pour y substituer un égoïsme à toute épreuve et une ambition démesurée.

Aussi, lorsqu'il s'agit de créer le *budjet*, ce nerf de l'Etat, ce fardeau du peuple, produit de ses sueurs et de son travail ; lorsqu'il s'agit de faire payer aux contribuables plus d'un *milliard et demi, pour assurer tous les services* (termes techniques), on présente à nos élus le tableau contenant le chapitre des dépenses et celui des recettes : le premier, ne pouvant évidemment se soutenir sans l'autre, c'est donc pour assurer la totalité de ces dépenses, que nos députés ou mandataires, tout en se récriant sur leur énormité, n'imaginent cependant aucun moyen pour les réduire, et, par conséquent, légalisent de leur sanction la perception de tous les impôts déjà existans, tels que ceux directs ou indirects, droits de fiscalité, de monopoles, de jeux, etc., quelque lourds ou onéreux, quelqu'immoraux ou nuisibles qu'ils soient à la prospérité du commerce ou de l'industrie, par suite de leur nature ou de leur mode de perception. Bien plus, s'il est nécessaire, cette généreuse assemblée, guidée par la main puissante du pouvoir, n'hésite pas un seul moment à sanctionner et à augmenter la misère et les corvées du peuple, qui lui a confié la défense de ses intérêts, en le chargeant de nouveaux impôts et d'un régime fiscal plus insupportables que les premiers.

Voici les faits tels qu'ils se passent, à moins qu'on ne veuille tenir compte de longs discours très attendrissans sur la misère publique, produits d'une brillante faconde et du désir de paraître de modernes Cicéron au petit pied ; à moins encore qu'on ne veuille tenir compte des nombreuses contradictions existantes entre les paroles de nos modernes orateurs et leurs actions ; contradictions tellement patentes, que l'on pourrait, sans injustice, appliquer à chacun d'eux ce passage si connu : « Video meliora, proboque, sed deteriora sequor. »

Mais, n'existerait-il pas un moyen bien simple, *dans la diminution des dépenses*, pour alléger ces impôts si onéreux, pour détruire ou tout au moins restreindre l'hydre si vivace des priviléges, de la fiscalité et des monopoles, cette ennemie éternelle du commerce et de l'industrie, comme de toute prospérité publique ? Certainement la bonté de ce moyen serait incontestable ; mais sur quoi frapperaient les réductions ? Voilà la difficulté de la question, voilà le nœud gordien, qui attend encore, pour être tranché, un nouvel Alexandre. Serait-il donc si difficile, cependant, de diminuer des appointemens trop élevés, de supprimer certaines dépenses, pour ne conserver que les plus indispensables et les plus utiles à la prospérité de la chose publique ? Serait-il donc impossible, enfin, de marcher franchement dans la voie des améliorations et d'un gouvernement à bon marché ? — C'est là encore l'énigme du Sphynx, l'écueil contre lequel viennent se briser la capacité et la bonne volonté de nos mandataires, de nos hommes d'état. — Que leur manque-t-il donc pour pouvoir opérer ces améliorations ? — Ce n'est ni le talent oratoire des Démosthènes, ni la profondeur de nos modernes économistes, mais il leur manque, ce qui est bien plus rare, la bonne foi, un entier désintéressement, l'absence de toute ambition personnelle, de toute soif d'honneurs et de richesses ; enfin, il leur manque la *vertu* dans toute la pureté de son acception. — C'est exiger, direz-vous, ce qui est au-dessus de l'imperfection humaine ; aussi, c'est ce qui prouve la vérité de mon assertion, l'impossibilité radicale d'améliorer la condition du peuple , d'après notre organisation sociale actuelle.

.Oui, cette impossibilité est plus forte que jamais : car sur qui pourraient frapper, par exemple, les économies du budjet , si ce n'est sur les *sommités sociales*, qui prennent la plus forte part à sa distribution? Quleles fonctions publiques trop largement rétribuées , quoique souvent inutiles , quelles sinécures pourraient être supprimées ou diminuées dans leurs émolumens exagérés , si ce ne sont celles possédées ou accaparées par les sommités sociales ? Or, quels sont ceux qui règlent le budjet , qui le créent, si ce ne sont ces mêmes sommités , qui , profitant déjà de ses largesses , ont encore l'espoir d'y prendre , par la suite, une plus forte part, par la distribution de nouveaux emplois , de nouveaux priviléges ; ainsi que de nouvelles dignités et honneurs, toujours soudoyés par le budjet ; ces sommités, qui ont tant de soin de se faire réserver cette distribution pour elles-mêmes , et ensuite pour les leurs , leurs amis ou leurs créatures ; ces sommités enfin qui , insatiables d'honneurs et de richesses , ne connaissent jamais ni la foi des sermens , ni l'indépendance de la médiocrité , et forment toujours une cour aussi nombreuse qu'avide autour du pouvoir , quel qu'il soit?... Car personne n'ignore que , *si la peste accordait des honneurs et des pensions, la peste aurait des flatteurs.*

Les économies ne pourraient certainement pas frapper sur le salaire déjà trop modique du soldat et du matelot, pas plus que sur les émolumens si restreints de 15 à 1800 fr. des employés civils et militaires. Elles ne pourraient donc porter, pour être efficaces et justes, que sur de hauts privilégiés, des sinécuristes, des ministres, des receveurs-généraux, des directeurs, des préfets, des maréchaux, des évêques, archevêques, directeurs de douanes, de contributions, etc., etc.

Que sur les nuées d'employés de toute espèce que la dévorante fiscalité et l'odieux monopole, ces éternels ennemis du commerce et de l'industrie, tiennent toujours à leur solde. Sur les corps privilégiés, d'amortissemens, de rentes, de fonds publics, qui entretiennent une si grande quantité d'oisifs, que tout le travail et l'activité de la nation ne seront bientôt plus suffisans pour soutenir leur luxe. (1)

———

(1) Les économies et les réductions, pour produire des résultats avantageux au peuple, devraient aussi être accompagnées de la suppression des impôts si odieux et si onéreux, qui grèvent avec un excès et une barbarie sans exemple, surtout dans la capitale, les objets de première nécessité. On voit que nous voulons parler des droits sur le sel, le vin, l'huile, le beurre, le poisson, la viande, etc., etc., etc. Ces impôts, dans les grandes villes, sont si excessifs, qu'ils forcent souvent le malheureux journalier à ne vivre, lui et sa famille, qu'avec le pain et l'eau réservés aux prisonniers. Un pareil genre de vie détériore bientôt ses forces et sa santé, et finit par conduire dans les hôpitaux, une foule d'individus épuisés par le travail et la misère, et qui ne représentent plus, eux et leur postérité, qu'une race affaiblie et dégénérée.

Et cependant, ces mêmes impôts sont si perfidement

Mais qui pourrait donc encore s'opposer à la destruction de ces abus si onéreux au peuple, à

---

combinés, qu'ils deviennent presque insignifians pour les classes riches. En effet, ne frappant fortement que sur des objets de première nécessité, ils n'enlèvent pas la centième partie de leurs revenus; tandis qu'ils absorbent chaque jour près du tiers du salaire du malheureux ouvrier. Mais que font aux riches de pareils résultats? Que leur importe que la misère, les impôts, la dette publique, les abus, les monopoles, etc., aillent en augmentant?... N'ont-ils pas la facilité de se créer, sans travail et à l'abri de la fiscalité et des impôts, de forts revenus, au moyen des banques et des fonds publics? C'est bon pour le travail, l'industrie, l'agriculture, d'être sans cesse poursuivis, atteints et écrasés par la fiscalité et les monopoles: Mais la *rente*, ce *palladium* des gouvernemens, qui favorise, au détriment de l'industrie, les oisifs, les inutiles, les joueurs, qui en augmente le nombre dans une proportion vraiment effrayante, doit être sacrée et à l'abri de toute charge publique.

Oui, mais n'apercevez-vous pas que ces masses de rentes, toujours de plus en plus fortes, funestes résultats d'emprunts sans cesse accumulés, et qui favorisent si bien l'augmentation de la dette publique, dépasseront à la fin toutes les proportions supportables; et ne craignez-vous pas qu'elles n'amènent ensuite la même catastrophe que les assignats de si récente mémoire? — Erreurs, chimères, répondrez-vous; le colosse de la rente, de la dette, est impérissable; il repose sur la confiance publique, sur l'impôt. Et qui peut être plus intéressé à son soutien, que les

la suppression de tant de dépenses inutiles, à ce
qu'enfin, dans la plupart des fonctions publiques,
le noble stimulant de l'honneur fut substitué à celui de l'ignoble salaire ? — Ce qui s'y oppose, je
ne cesserai de le répéter, ce sont l'égoïsme, la
soif dévorante des honneurs et des richesses, qui
dominent toutes les classes de la société ; enfin, la
corruption générale des gouvernans et des gouvernés.

Commençons par la liste civile : elle doit être
énorme dit-on, la splendeur du trône l'exi-
ge. (1) Mais elle est le fruit des sueurs du peuple.... N'importe que le peuple sue et travaille,
c'est son lot.... Les ministres viennent ensuite,

---

riches qui y ont placé la plus grande partie de leurs capi-
taux, que les riches qui seront toujours ceux appelés à vo-
ter l'impôt ? — Mais observez cependant que, chaque
jour, en augmentant, au moyen de la fiscalité et des nouveaux monopoles, la masse déjà si effrayante de la dette et
de l'impôt, le gouvernement produit en même temps la
diminution du commerce, du travail et de l'industrie,
seules sources des véritables richesses ; et que, quoique
nous soyons bien éloignés d'avoir, comme l'Angleterre,
une supériorité aussi fortement prononcée que la sienne
sur le commerce et l'industrie du reste du globe ; quoique
nous possédions encore moins le patriotisme éclairé et la
puissante politique qui la soutiennent et la dirigent, nous
voulons néanmoins jouer comme elle à un jeu financier
bien dangereux ; mais gare la catastrophe!...

(1) Exige-t-elle aussi que des officiers de bouche, des
aides de cuisine, des marmitons..... soient plus fortement
rétribués que nos officiers de génie ; que nos magistrats !....

leur importance demande aussi de fortes alloca-
tions dans le budjet. Leur entourage ou la bu-
reaucratie n'en demande pas moins. Il en est de
même pour toutes les places élevées ; jamais
elles ne sauraient être trop nombreuses, trop
bien rétribuées pour nous et nos amis.....

Vous l'entendez, députés, mandataires du
peuple. — Oui; mais la corruption domine aussi
votre ame. Le pouvoir vous a ébloui, vous a
gangrené, la contagion vous gagne. Ces places
si bien rétribuées seront aussi votre lot ou celui
de vos enfans, de vos parens, de vos créatures,
si vous êtes sages, bien souples, bien complai-
sans pour le pouvoir. Vous profiterez encore
des abus, des honneurs, des richesses, le pouvoir va vous en ouvrir le chemin : et ces honneurs et ces richesses ne peuvent plus être un
abus aux yeux de ceux qui doivent en profiter,
ils se transforment alors en une juste récom-
pense. Quelle est celle que pourrait vous accor-
der le peuple qui vous a élu, si vous aviez bien
mérité de lui? des éloges stériles, des vœux im-
puissans.... Votre choix est fait, votre rôle est
trouvé; vous aurez l'air de prendre le *Jeannot*
sous votre protection, et tout en s'emparant de
son paquet, vous lui direz sans doute comme le
commissaire, dans la comédie *des battus qui
palent l'amende :* « Oui, il faut de la justice en
tout; on vendra le paquet, on paiera les frais,
les vitres cassées, *et s'il y a du reste*, on le lui
remettra: » Après une pareille décision, *Jeannot* pourrait-il encore se plaindre....

CONCLUSION.

L'ordre social serait-il donc un problême insoluble? Non, messieurs, il faut pour le réaliser plus de *probité* que de *capacité*, a dit à la tribune M. Audry de Puyraveau ; — mais, lui répondrons-nous, comme dans l'organisation de l'homme, les *passions* l'emportent généralement sur la *probité*, il sera bien difficile, pour ne pas dire impossible, à une époque aussi démoralisée que la nôtre, de parvenir seulement à diminuer leur funeste influence. D'ailleurs nos nombreux et inutiles essais nous laissent bien peu d'espoir de pouvoir jamais opérer efficacement notre régénération politique et morale.

Etre abusé, sera donc toujours le triste lot du peuple : mais être tout à la fois trompé et humilié.... Au moins jusqu'à présent, ceux qui voulaient trahir la cause d'une nation et la faire fléchir sous le despotisme de leur autorité savaient s'entourer habilement de l'éclat d'une véritable noblesse, c'est-à-dire d'une noblesse courageuse et désintéressée qui, toujours prête au sacrifice de sa vie et de sa fortune pour la patrie, peut si bien faire vibrer les sympathies populaires par les prestiges si attrayans de la gloire et de l'honneur. Mais aujourd'hui en dédaignant d'avoir recours à ces puissans talismans, on a déchiré jusqu'au dernier voile qui pouvait encore cacher la hideuse et repoussante nudité de la machine gouvernementale.

(La trop grande rapidité avec laquelle ce *factum* a été imprimé est cause de plusieurs incorrections qui sont encore à rectifier : le lecteur est prié d'y suppléer.)

Paris.—Imprimerie de Auguste MIE, rue Joquelet, no 9, place de la Bourse.